ゆりくまさん

立原えりか・作
牧村慶子・絵

もくじ

ひみつの　トンネル

まよなかの　デパートは、とっても　しずかです。あかりは　みんな　きえているし、エスカレーターも、しんと　とまっています。

ゆりくまさんは、うごかない　エスカレーターを、とことこ　とっとこ　とことこ　とっとこ　のぼっていきます。

三《さん》かい……四《よん》かい……五《ご》かい……六《ろっ》かいは　本《ほん》の　うりばです。ゆりくまさんは、そこで　本《ほん》を　一《いっ》さつ　さがしました。

『トランプうらない』と　かいてある　本《ほん》です。

「トランプも　あったほうが　いいな」

ゆりくまさんは、ひとりごとを　いって、トランプも　ひとくみ　もちました。

それから、ひろい　うりばの　すみっこへ、あるいていきました。

そこには、みどりいろの　いすが　ひとつ、おいてあります。まどから、あかるい　月《つき》の　ひかりが　さしこんでいます。

「どっこいしょ」

ゆりくまさんは、いすの　上《うえ》に　すわると、トランプうらないの　本《ほん》を　よみはじめました。

もし、だれかが　まよなかの　ゆりくまさんを　みたら、きっと、びっくりしてしまうでしょう。

ゆりくまさんは、ちゃいろくて、ふかふかしている　ぬいぐるみのくまです。目《め》は　ガラスだし、はなは　黒《くろ》い　毛糸《けいと》の　たまで　できています。そんな　くまが、ひとりで　エスカレーターを　のぼったり、本《ほん》を　よんだり、なにか　いったりするなんて、とっても　ふしぎなことかもしれません。

でも、ぬいぐるみの　ゆりくまさんは、なんでも　できるのです。ゆりくまさんは、あたりまえの　ぬいぐるみではないのです。

なんねんも　なんねんも　まえ、デパートの　おもちゃうりばに　つれてこられたときは、ゆりくまさんも　ただの　ぬいぐるみで、じっと　すわっていることしか　できませんでした。ほかの　ぬいぐるみたちのように、じっと　すわって、ゆりくまさんも、だれかに　かってもらえるのを　まっていたのです。

けれど、だれも　ゆりくまさんを　かってはくれませんでした。

「ああ、こうやって、ただ　すわっていたって　つまんない」

ある日《ひ》、ゆりくまさんは、そう　おもいました。ぬいぐるみの　くまだって、あるきまわったり、かんがえたりすることが　できるかもしれないと　おもいついたのです。

それから、よるになると、ゆりくまさんは　あるく　れんしゅうをはじめました。ひるま　きいた　にんげんの　ことばを、はなす　れんしゅうもしました。

それは、たいへんなことでした。はじめのうちは、どんなに　いっしょうけんめいに　たちあがろうとしても、しりもちばかりついていました。

「おはよう」と　いおうとしても、「おははあ」としか　いえませんでした。

ゆりくまさんは、あきらめませんでした。まいばん　まいばん、すこしずつ　れんしゅうして、とうとう、なんでも　できるようになってしまったのです。

もちろん、ひるまは、おもちゃうりばに　すわっていなければなりません。とっても　たいくつだったけれど、ゆりくまさんは、じっとしていました。でも、もう、まえのように、かってくれる　ひとを、まってはいませんでした。

「ぼくは、じぶんで、すきな　ひとのところへ　いこう。もう　あるけるし、おはなしも　できるんだもの。じぶんで　いっしょに　くらすひとを、みつけにいこう。かわいい　女《おんな》の子《こ》が　いいな」

ゆりくまさんは、そう　おもっていたのです。でも、世《よ》の中《なか》には、ちいさくて　かわいい　女《おんな》の子《こ》が、それは　たくさん　います。いったい、だれのところへ　いったらいいのでしょう。

「そうだ、ひとつ　うらなってみよう。ぼくと　いっしょに　くらして
くれる、ちいさくて　かわいい　女《おんな》の子《こ》のこと……」
月《つき》の　ひかりの　なかで、ゆりくまさんは、おもいつきました。トラ
ンプうらないの　本《ほん》を　よみながら、トランプを　ならべました。
ほんとは、ゆりくまさんは、トランプうらないの　本《ほん》なんか、すきで
はないのです。けれど、デパートの　本《ほん》うりばに　ある　まんがの　本《ほん》
は、もう　みんな　よんでしまったし、おはなしの　本《ほん》も、よみおわり
ました。だから、おもしろくなくても、がまんして、トランプうらない
の　本《ほん》を、よむほか　なかったのです。

――あなたの　さがしている　女《おんな》の子《こ》は、さっき、うまれたばかりで
す。カエデ町《まち》へ　いってごらんなさい。きっと、その子《こ》に　あえるでし
ょう。なまえは、マリと　いいます――

「ふうん」
トランプを　ならべおわって、うらないの　ことばを　よんだ　ゆり
くまさんは　うなりました。

「かならず　あたる――か」

本《ほん》の　表紙《ひょうし》には、ちゃんと　かいてあります。

「よし、きめたぞ。ぼくは、カエデ町《まち》の　マリちゃんと、いっしょにくらすことにしよう」

ゆりくまさんは、カエデ町《まち》へ、いってみようと　おもいました。

「なまえは、マリ。マリちゃんと　いう、女《おんな》の　あかんぼうを、さがせばいいんだ」

ゆりくまさんは、本《ほん》と　トランプを　もとの　場所《ばしょ》に　かえすと、ことこ　とっとこ、エスカレーターを　おりました。

「ながいあいだ、おせわになりました。はちみつ　ひとびん、いただいていきます」

いままで　すわっていた　おもちゃうりばに、そう　かいた　かみきれを　おいて、ゆりくまさんは、一《いっ》かいへ　おりました。

一《いっ》かいの　食料品《しょくりょうひん》うりばで、れんげの　はちみつを　ひとびん　さがすと、しっかりと　せなかに　むすびつけました。

ところが、よなかの　デパートを　ぬけだすのは、たいへんなことでした。出入《でい》り口《ぐち》は、どこも　しまっていて、あんまり　大《おお》きくない　ぬいぐるみの　ゆりくまさんが　ぬけだすほどの　すきまも　みつかりません。

ゆりくまさんは、あっちへ　いったり、こっちへ　いったりして、でられるところを　さがしました。

「はやくしないと、あさになってしまう。あさになったら、みつかって、きっと　うりばに　もどされる。マリちゃんのところへ、いかれなくなっちゃう」

ゆりくまさんは、べそをかいて　ぴったり　しまっている　ガラスのドアを　たたいてみました。

大《おお》きな　ガラスの　ドアは、ぬいぐるみの　くまに　たたかれたぐらいでは　うごきません。

「どうしたらいいんだろう」

ゆりくまさんは、べそをかきました。

「よう、そこに　いる、ちゃいろの　くまくん、おまえ、ここから　にげだしたいのか」

いきなり、だれかが　いいました。

「いま、なにか　いったのは、だれだろう」

ゆりくまさんが、あたりを　みまわしていると、ことりと　音《おと》がして、ゆかに　しいてある　タイルが　一《いち》まい　もちあがりました。

そこから　かおを　だしたのは、一《いっ》ぴきの　ねずみでした。

「いくらさがしたって、出口《でぐち》なんか　みつかりっこないよ。ガラスのドアを　やぶったとしても、そのさきには、ねずみの　はも　かなわない　シャッターというものが、ぴったりしまっているんだぜ」

ねずみは、ひげを　ゆすって　いいました。

「このデパートから、そとの　せかいへ　でる　みちを　しってるのは、ねずみだけさ。おれと　おれの　おかみさんと　きょうだいたちが、まるまる　二《に》か月《げつ》も　かけて、食料品《しょくりょうひん》うりばまで、地下《ちか》に　トンネルをほったんだ。このタイルが、地下《ちか》の　みちへの　ひみつの　出入《でい》り口《ぐち》になっている。にんげんたちには、けっして　みつからないぜ。すごいだろう」

ねずみは、じまんしました。

「とおらせてよ、そのひみつの　トンネル」

ゆりくまさんは、たのみました。ねずみは、ぺろりと　舌《した》を　だして、

「ああ、あんないしてやっても　いいよ。そのかわり、せなかに　しょっている　はちみつを、はんぶん　くれるなら……。地下《ちか》に　つうじている　トンネルの　おかげで、よるの　食料品《しょくりょうひん》うりばは、ねずみの　天下《てんか》さ。なんでも　かんでも　かじりほうだいの　たべほうだいだけど、はちみつってやつだけは、びんの　なかに　はいっていて、びんは、かじれないからな。たべたことがなかったんだよ」

「いいよ、はちみつ　はんぶん　あげる」

ゆりくまさんが　いうと、ねずみは、ちょろちょろと　はしっていって、コップを　もってきました。

ゆりくまさんは、びんを　じょうずに　あけて、はちみつを　はんぶ

ん　ねずみの　コップに　いれました。

「よう、おかみさん。ちょっと　いってくるぜ」

ねずみが　いいました。すると、タイルの　下《した》から、ふとった　ねずみが、もう一《いっ》ぴき　でてきて、はちみつの　コップを　かかえていきました。

「じゃ、しゅっぱつするか。地下《ちか》の　トンネルは　せまいけど、とおれるかい？」

「だいじょうぶだ。なんとか、とおれそうだよ」

ゆりくまさんは、ねずみの　あとから、ゆかの　下《した》に　もぐりこみました。

「さてと、ひみつの　出入《でい》り口《ぐち》を　しめるぞ。くらいから、気《き》をつけな」

ねずみは、ゆりくまさんの　手《て》を　ひいて、ずんずん　あるきだします。

まっくらな　トンネルは、ねずみの　においがしました。ゆりくまさんは、どろだらけになりながら、いそぎました。

「そうら、ここから　でるんだよ。このむこうが、そとの　せかいだ」

そこで、トンネルは　おしまいでした。ねずみが　ほった、ながい
トンネルは、デパートから　とおく　はなれた　あきちまで　つづいて
いたのです。

「ほら、でられた」

ねずみが、ゆりくまさんの　おしりを、ぐいと　おしました。

「ああ、ほんとだ。きみの　つくった　みちって、すごいんだね」

ゆりくまさんは、かんしんして　さけびました。

あきちの　草《くさ》むらの　なかに、ゆりくまさんは、たっていたのです。

「さよなら、どうもありがとう」

ゆりくまさんは、ねずみに　いってから、からだに　ついた　どろを、
はらいおとしました。

みちるべの 花《はな》

あけがたでした。

あきちから みちに でた ゆりくまさんは、『カエデ町《まち》まで 一《いち》キロ』とかいてある みちしるべを みつけると、だれも いない とおりを、とことこ とことこ あるいていきます。

みんな、まだ ねむっていました。

ゆりくまさんは、ふみきりを わたって、こうえんを ぬけて、とこ とこ とことこ あるきつづけました。

そうして、やっとのことで、カエデ町《まち》に ついたのです。

「ああ、この町《まち》に、マリちゃんが いるんだ」

ゆりくまさんは ひとりで、にっこりしました。ところが、たいへんなことを おもいだしたのです。

カエデ町まで1キロ

ゆりくまさんは、マリちゃんが　うまれたばかりの　女《おんな》の　あかんぼうだということしか　しらないのです。それも、うらないの　本《ほん》に　かいてあったことです。マリちゃんが、カエデ町《まち》の　どこに　いるのか、あの本《ほん》には　かいてありませんでした。住所《じゅうしょ》が　わからないのでは、マリちゃんを　さがすことができません。

「町《まち》の　なかで、こまったときには、どうすればいいか……そうだ、おまわりさんに、きけばいい」

ゆりくまさんは、ものしりでした。なにしろ、まいばん、月《つき》の　ひかりで　本《ほん》を　よんでいたのですもの。

ゆりくまさんは、さっさと　交番《こうばん》を　みつけて、はいっていきました。

やっと　のぼってきた　お日《ひ》さまが、秋《あき》の　はじめの　やさしい　ひかりで、町《まち》を　てらしています。

おまわりさんは、いすに　こしかけて、あさの　いっぷくを　しているところでした。

ゆりくまさんは、おまわりさんの　いすに、ぴょんと　とびのって、

それから　もういちど、ぴょこんと　とんで、おまわりさんの　かたにのぼってから、ききました。

「マリちゃんっていう　女《おんな》の子《こ》は、どこに　いるでしょうか、おしえてください。ぼく、うらないの　本《ほん》を　よんで、その子《こ》と、ともだちになることに　きめたのです。ずうっと、いっしょに　くらそうと　おもってきたんですけど」

「なんだって？　マリちゃんが、どうかしたって？　うらないだって？」

おまわりさんは、はんぶんだけ　はいっている　はちみつの　びんを、しっかり　しょって、かたに　よじのぼってきた　ゆりくまさんを　みて、目《め》を　ぱちぱちさせました。

「ええ、マリちゃんです。うまれたばっかりの　あかんぼうです」

ゆりくまさんが、そう　いうと、おまわりさんは、くすんと　わらいだしました。

「うまれたばかりの　あかんぼうの　住所《じゅうしょ》じゃ、たとえ、うらないがあたっていたとしても　さがしようがないね。まだ、とどけも　でていないはずだもの」

ゆりくまさんは、がっかりしました。とたんに 足《あし》が いたくなりました。おなかが ぺこぺこで、かなしくなりました。こんなに たくさん あるいたことは なかったのです。

「さよなら、おまわりさん、ぼく、じぶんで さがしてみます」

ゆりくまさんは、しょんぼりと 交番《こうばん》を でました。

「だけど、どうすればいいだろうな。カエデ町《まち》じゅうの うちを、かたっぱしから、さがさなければいけないのかな。それとも、マリちゃんに、あえないのかな」

マリちゃんに、あえない――とおもったとたんに、ゆりくまさんの目《め》から、ぽつんと、あたたかいものが こぼれました。

それは、ゆりくまさんが、うまれてはじめて こぼした、なみだだったのです。この世《よ》の中《なか》には、かなしいことが あるのだと、ゆりくまさんが 気《き》づいたとき、なみだは ひとりでに こぼれてきたのです。これからは ずっと いっしょに くらそうと おもっている 女《おんな》の子《こ》が

みつからないなんて、とても　さびしいことですものね。

ゆりくまさんは、ぎゅっと、目《め》を　おさえました。でも、なみだは　とまりません。

だれも　いない　みちばたに、ゆりくまさんの　なみだが　ころがりました。

すると、そこに、あけがたの　ほしみたいに　ひかる　花《はな》が　さいたのです。ゆりくまさんの　はじめての　なみだから　さいた　花《はな》でした。

花《はな》は、ゆりくまさんの　みているまえで、つぎから　つぎへ　ひらいて、きらきらと　あかるい　ほそい　おびになりました。

「そうだ。花《はな》から　花《はな》へ、あるいていけば、きっと、マリちゃんのところへ　いかれるんだ」

そのとおりだったのです。ほしみたいな　花《はな》を　たどっていくと、病《びょう》院《いん》に　つきました。ゆりくまさんが、ドアを　あけると、やっぱり　きらきら　ひかる　花《はな》が　さいている　かいだんが　ありました。

ゆりくまさんは、かいだんを　のぼって、もうひとつ　ドアを　あけました。ドアは、たくさん　ありましたけれど、ひとつの　ドアの　まえに、ちゃんと、めじるしの　花《はな》が　あったのです。

ドアの　なかには、ちいさい　ベッドが　ありました。

うまれたばかりの　あかんぼうが、そこに　ねていたのです。

「マリちゃんでしょ？」

ゆりくまさんが、そっと　のぞくと、あかんぼうは、目《め》を　ひらきました。ちいさい　足《あし》の　うらを、ゆりくまさんに　みせてくれました。

そこには　ちゃんと、「マリ」と　かいてあったのです。

（やっぱりそうだ。あのうらないは、あたったんだ。でも、マリちゃんて、さるに　にているな）

ゆりくまさんは、そう　おもいましたけど、だまっていました。女《おんな》の子《こ》は、さるに　にているなんて　いわれると、おこるものだということも、ちゃんと　しっていたのです。

「おはよう、マリちゃん。ぼく、ゆりくまです。おともだちになりにきたんです」

ゆりくまさんは、マリちゃんの　ベッドを、しずかに　ゆすりました。だいじに　もってきた、れんげの　はちみつを、ほんのちょっぴり、マリちゃんの　くちびるに　つけました。マリちゃんは、ちいさい　したを　だして、はちみつを　なめました。

れんげの花《はな》の　においがする　はちみつは、マリちゃんにとって、うまれてはじめての　たべものでした。そして、ゆりくまさんにとっては、マリちゃんが　はちみつを　なめたことが、おともだちになってくれるという、たいせつな　あいずだったのです。

ゆりくまさんに　ゆすってもらいながら、マリちゃんは　ねむりました。

（もしかしたら、みちしるべの　花《はな》は、マリちゃんが、さかせたのかもしれないぞ。だって、うまれたての　あかんぼうは、だれも　しらないふしぎなことが　できるって、なんかの　本《ほん》に、かいてあったもの）

ゆりくまさんは、そんなことを　かんがえていました。

ふくらしこを　たべたら……

マリちゃんのところへ　きた　ゆりくまさんは、マリちゃんと　いっしょに、病院《びょういん》から　うちへ　つれていかれました。うちには、おとうさんと　おかあさんが　いました。

そうして、マリちゃんと　くらすようになって、三《さん》か月《げつ》　たちました。

十二月《じゅうにがつ》の　ある日《ひ》のこと、マリちゃんが、ゆりくまさんの　せなかを　ぽんぽん　たたきながら、

「ゆりくまさん、もっと　もっと、大《おお》きかったら　いいだろうな。マリちゃんを　のせて、森《もり》の　おくまで、はしっていけるくらい　大《おお》きかったら　いいだろうな」

といいました。

もちろん、マリちゃんの　ことばなんて、だれにも　わかりません。

にんげんの　おとなには、「うんうん」とか、「ああ、あ」とか、きこえるだけです。でも、ゆりくまさんには、マリちゃんの　いうことが、ちゃんと　わかりました。

ゆりくまさんは、それを　きいて、とっても　かなしくなってしまいました。だって、ゆりくまさんは　いつも　ほんものの　くまに　くらべると、とっても　ちいさいのを　かなしんでいたのですし、だいすきな　マリちゃんを　せなかに　のせて、はしってゆくことが　できたら、どんなに　いいかと、かんがえていたのですから。

（なんとかして、大《おお》きくなれないかなあ。いまの　五十《ごじゅう》ばいくらい　大《おお》きくなれたら、マリちゃんを　のせてあげられるんだけど）

ゆりくまさんは　おもいました。まだ、はいはいも　できない　マリちゃんは、ゆりくまさんの　せなかで、どんなに　よろこぶでしょう。どんなに　わらうでしょう。そして、マリちゃんの　わらいごえが、ゆりくまさんは　だいすきなのです。

ゆりくまさんは、一日《いちにち》じゅう、どうしたら　大《おお》きくなれるかと、かんがえていました。

「そうだ、あそこへ　いって、きいてこよう」

ゆりくまさんが、ひとりごとを　いったのは、まよなかでした。そとは、つめたい　風《かぜ》が　ふいて、雪《ゆき》も　ちらちら　ふっています。

ゆりくまさんは、ちゃいろい　毛《け》が　ぬれないように、マントに　くるまって、こっそりと、へやを　とびだしました。

だれも　いない　町《まち》を、どんどん、どんどん　あるいて、ゆりくまさんが　ついたところは、どうぶつえんです。

ゆりくまさんは、門《もん》の　すきまから、どうぶつえんの　なかに　はいると、らいおんのところへ　いきました。

「こんばんわ、らいおん。ちょっと、ききたいことが　あるんだけど」

ゆりくまさんが　いうと、らいおんは、金《きん》いろの　目《め》を　ぱっと　ひらいて、

「ウオオオ、こんばんわ、ちびのくま、ききたいことって、なんだい」

といいました。

「あんたくらい　大《おお》きくなるには、どうしたら　いいでしょう」

ゆりくまさんは　ききました。

「なあんだ。そんなことなら、かんたんさ。まいにち、しまうまを　一《いっ》とう、たべなさい」

らいおんの　こたえを　きいて、ゆりくまさんは、がっかりしてしまいました。しまうまを　一《いっ》とうなんて、とても　たべられません。ひきにくを　百《ひゃく》グラムなら　たべられますけどね。

「あなたくらい　大《おお》きくなるには、どうしたらいいでしょう」

ゆりくまさんは、かばに　きいてみました。

「そんなこと、わけないよ。まいにち、くさを　五十《ごじゅっ》キロと、キャベツを　まるごと　十《じゅっ》こ　たべればいいのさ」

かばが　こたえました。

「キャベツまるごと　十《じゅっ》こ、くさを　五十《ごじゅっ》キロ……たべられっこないや」

ゆりくまさんは、もっと　いい　方法《ほうほう》が　ないかと、ぞうにも　きいてみました。

「そうですね。わたしくらい　大《おお》きくなるには、まいにち、バナナを　二《に》百《ひゃっ》ぽんと、りんごを　百《ひゃっ》こ、たべればいいんですよ」

ぞうが　いいました。

「いくら　ぼくが、くいしんぼうでも、まいにち、そんなに　たくさん　りんごも　バナナも　たべられやしない。ああ、やっぱり　だめだ。ぼくは、大《おお》きくなれないんだ」

ゆりくまさんは、ためいきをつきました。

そのときです。ゆりくまさんは、ふくらしこのことを　おもいだしたのでした。

マリちゃんの　おかあさんが、カステラを　つくるときに　つかうふくらしこ――ふくらしこを　いれて、オーブンで　やくと、カステラは、とっても　大《おお》きくなるではありませんか。

「そうだ、そうだ。いいこと　おもいついた。ふくらしこを　たべて、オーブンで　やいてもらえば、きっと　大《おお》きくなるんだ」

ゆりくまさんは、うれしくなりました。大《おお》いそぎで、マリちゃんの

うちに　かえると、だいどころで、ふくらしこの　かんを　さがしました。

　ふくらしこなんて、ちっとも　おいしくなかったけど、ゆりくまさんは、いっしょうけんめい　たべました。ひとかん、すっかり　たべてから、オーブンの　ふたを　あけて、なかに　はいりました。

　オーブンの　なかは、ほんのりと　あったかくて、バターと　おさとうの　においがします。

「さあ、これで　やいてもらえば、大《おお》きくなるぞ」

　ゆりくまさんは、ひとりごとを　いって、にっこりしました。つめたいところを　あるきまわったあとなので、オーブンの　なかは、いいきもちです。

　いつのまにか、ねむった　ゆりくまさんは、マリちゃんを　せなかにのせて、森《もり》を　はしりまわる　ゆめを　みました。

　つぎの日《ひ》の　あさ、マリちゃんの　おかあさんが、だいどころへ　くると、オーブンの　なかから、

「おかあさん、はやく　オーブンに　火《ひ》を　つけて、四十分《よんじゅっぷん》かん、ぼくを　やいてください。ふくらしこ　たくさん　たべたから、やきあがったら　きっと　ぞうさんくらい　大《おお》きくなれますよ。マリちゃんを　せなかに　のせて、はしっていかれるようになりますから」

と、ゆりくまさんの　いっているのが　きこえました。

「まあ、ゆりくまさん、はやく　でていらっしゃい」

おかあさんは、びっくりして、オーブンを　あけました。

「いやです。やいてもらうまで、でません」

ゆりくまさんは、オーブンに　しがみつきました。でも、おかあさんは、かたてで　ゆりくまさんを　つかまえて、そとに　だしてしまいました。

「ねえ、ゆりくまさん、ふくらしこを　いれた　カステラは、やけばふくらんで、大《おお》きくなるけど、ぬいぐるみの　くまは、やいたら、こげて、やけどだらけになってしまうのよ」

おかあさんは、いいました。ゆりくまさんと　カステラが、どんなにちがうか、よく　はなしてくれました。

「いまのままでも、マリちゃんは、ゆりくまさんが、だいすきよ。やけどだらけになってしまったら、マリちゃんは　きっと、なきますよ」

おかあさんは、ゆりくまさんを、マリちゃんの　となりに　ねかせながら　いいました。

「おはよう、ゆりくまさん」

マリちゃんは、ゆりくまさんの　みみを　ひっぱって、にこっと　わらいました。

おほしさまを　とりに

ある日《ひ》、ゆりくまさんは、けっしんしました。

「ぜったいに、空《そら》へ　のぼっていくんだ。おほしさまに、手《て》が　とどくところまで」って。

どうして、ゆりくまさんが、そんな　けっしんをしたかというと、マリちゃんが、

「ねえ、ゆりくまさん、マリちゃんは、おほしさまが　ひとつ　ほしいのよ」

といったからです。

七《しち》か月《げつ》　たちましたけれど、マリちゃんの　ことばは、まだ、ゆりくまさんにしか　わかりません。ほかのひとが　きいても、「ああぶぶぶ」「ぎいぎいいい」としか　きこえないのです。

「おほしさまを　とってきてよ」

　マリちゃんは、おとうさんにも　たのみました。おかあさんにも　たのみました。マリちゃんを　みにきた　おばあちゃまにも、あそびにきた　おじさんたちにも、マリちゃんを　のぞきにきて、「ばあ」とか、「ごきげんよう」とかいってくれる　ひと　ぜんぶに、たのんだのです。

　けれど、だれも、マリちゃんの　いっていることを　わかってくれませんでした。

　マリちゃんは、だれにも　わかってもらえないので、なきだしました。

　すると、おとうさんが　きて、

「どうした、おなかが　すいたか」

といいました。

　おかあさんも　きて、

「おしりが　よごれたの」

といいました。おなかも　いっぱいだし、おしりも　さっぱりしている
と　わかると、ふたりとも　いってしまいました。

「おほしさま　ほしい、ほしい」

ゆりくまさんだけに、マリちゃんの　いっていることが　わかりました。

「そうだ、マリちゃんのために、空《そら》へ　いこう。どんなに　たかくても、どんなに　とおくても」

ゆりくまさんは、そう　おもいました。

「なかないで、マリちゃん。ぼくが、おほしさまを　とってきてあげる。どのおほしさまが　いいの？」

ゆりくまさんが　いうと、マリちゃんは　なきやんで、にこにこ　わらいました。それから、まるっこい　ひとさしゆびを　だして、

「あれ」

といいました。

それは、天《てん》の　すみっこで、もう　ひかりはじめた　ちいさい　銀《ぎん》いろの　ほしでした。

「わかった。じゃあ、いってくるからね」

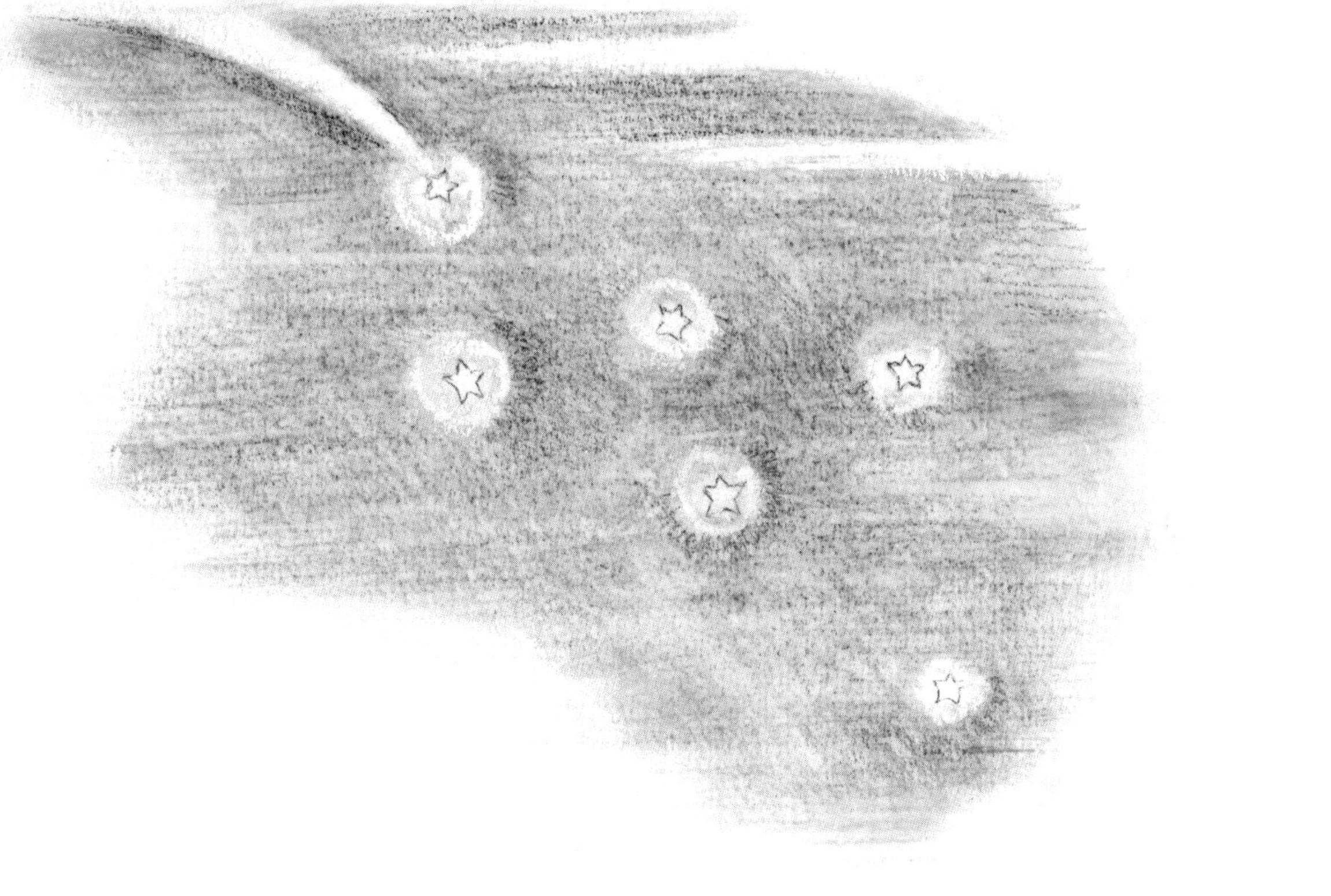

ゆりくまさんは　そう　いって、そとへ　でました。

三月《さんがつ》の　やわらかい　風《かぜ》が、しずかに　ふいています。

ゆりくまさんは、とおりを　まっすぐに　あるいていきました。

けれども、どうしたら、おほしさまに　手《て》が　とどくところまで、のぼっていかれるでしょう。空《そら》には、かいだんなんて　ついていないのです。

「そうだ、そうだ、はしご！」

そう　おもいつくと、ゆりくまさんは、ざっかやさんを　みつけて、とびこみました。

「はしご、ひとつ　くださいな」

「いらっしゃい。はしごですか。大《おお》きさは　どれくらいのが　いいでしょう」

「おほしさままで　とどくやつ」

ゆりくまさんが　いうと、ざっかやさんは、ぽかんとして、それからくびを　ふりました。

「世界《せかい》じゅう　さがしたって、ほしまで　とどくような　はしごを　うっている　店《みせ》は、ないでしょうよ」

ゆりくまさんは、「そうですか、どうもありがとう」といって、その店《みせ》を　でました。

「かいだんも　ないし、はしごも　ないんじゃ、どうやって、おほしさまのところまで、のぼっていったらいいんだろう」

ゆりくまさんは、かんがえながら、町《まち》はずれの　野原《のはら》まで　きました。

そして、いいものを　みつけたのです。

ほんのりと　暗《くら》くなった　野原《のはら》では、男《おとこ》の子《こ》が、たこを　あげていました。

大《おお》きくて、がっしりした、やっこだこ——あれに　のったら、きっと、おほしさまに　手《て》が　とどくところにまで、のぼっていかれるにちがいありません。

「こんばんわ、あのー、おねがいが　あるんですけど」

ゆりくまさんが　いうと、男《おとこ》の子《こ》は、目《め》を　まるくして、

「へえ、ぬいぐるみの　くまのくせに、しゃべってんの」

といいました。

「ええ、そうです。ぼくは、ゆりくまっていう、じぶんでは　とくべつな　くまだと　おもっている、ぬいぐるみの　くまなんです」

ゆりくまさんは、マリちゃんのために、天《てん》　たかく　のぼっていきたいのだということを　はなしました。

「ぼく、かんがえたんです。あなたの　たこに　のせてもらったら、おほしさまに　手《て》が　とどくところまで、いかれるのではないかって」

「いいよ、のせてあげるよ」

男《おとこ》の子《こ》は、じょうぶな　リボンで、ゆりくまさんを、たこに　しばりつけてくれました。

「空《そら》の　上《うえ》のほうは、とっても　さむいそうだよ。これ、かしてやるよ」

そう　いって、ゆりくまさんに、毛糸《けいと》の　マフラーを　まきつけてくれました。

「これで、さむくないね。じゃ、たこを　あげるよ」

「ありがと。おねがいします」
たこ、たこ、あがれ
ゆりくまさんも　あがれ

男《おとこ》の子《こ》は、調子《ちょうし》をつけて　うたいながら、すこしずつ　たこを　あげます。ゆりくまさんは、たこと　いっしょに、ゆっくりと、空《そら》へ　のぼっていきます。


空《そら》の　てっぺんで、銀《ぎん》いろの　おほしさまが、ゆらっと　ゆれました。

「あ、マリちゃんが　ほしがってる　おほしさま！」

ゆりくまさんは、おもわず　手《て》を　のばしました。

まだです。まだ、おほしさまに　さわることもできません。

下《した》を　みると、たこを　あげている　男《おとこ》の子《こ》が、すみれの花《はな》くらいにちいさく　みえました。

「もっと、たかく、もっと、もっと」

ゆりくまさんは、銀《ぎん》いろの　おほしさま　めがけて、おもいっきり、手《て》を　のばしました。とたんに、ぴんと　はっていた　たこの　糸《いと》が、きれてしまったのです。

空《そら》の　まんなかで、ゆりくまさんを　のせた　たこは、ふらふら　ゆれはじめました。

「風《かぜ》さん、風《かぜ》さん、おねがいだ。ぼくを、銀《ぎん》いろの　おほしさままで、はこんでいってよ」

ゆりくまさんは　たのみました。けれども　風《かぜ》は、

「いまのところ、東《ひがし》のほうへしか、つれてってあげられない」

というのです。

たこは、だんだんと、銀《ぎん》いろの　おほしさまから、はなれてしまいました。

「おや、だれかと　おもったら、ゆりくまさんじゃないの。こんなところで、なにしてるんですか」

ふらふら、ふらふら、おちていく　ゆりくまさんを　みつけたのは、

からすです。

「あ、からすさん、いいところで　あえた。ぼく、とっても　こまっているんです。おほしさまを　とりにいく　とちゅうなのに、たこの　糸《いと》が　きれちゃって、ほら、ほら、おちていくんですよ」

「おほしさまを　とりにですって？」

からすは、ゆりくまさんが　のっている　たこを、りょう足《あし》で　しっかりと　つかんでから　いいました。

「ええ、そうなんです。マリちゃんが、おほしさまを　ひとつ　ほしいって　いうんです。ねえ　からすさん、おねがいだから、あの銀《ぎん》いろのおほしさまの　そばまで、ぼくを　つれていってくださいよ」

「ふうん、それで、ゆりくまさんは　こんなところまで、のぼってきたのね」

からすは、まんまるな　黒《くろ》い　目《め》で、ゆりくまさんを　みました。それから、まっしぐらに、じめんへ　とびおりていきました。

「ああ、からすさん、おりていっちゃ　こまります。もっと　たかいところへ、つれていってくださいよ」

ゆりくまさんは、あわてて　いいました。けれど、そのときは　もう、からすは、マリちゃんの　うちの　庭《にわ》に、まいおりていたのです。銀《ぎん》いろの　おほしさまは、ずっと　ずっと　たかい　とおいところで、きらきらしていました。

「ゆりくまさん、どんな鳥《とり》だって、おほしさまのところへは、いかれないんですよ。もしか、おほしさまが、すぐ　とれるところに　あって、世界《せかい》じゅうの　あかんぼうが、みんな　おほしさまを　ひとつ　ほしいっていったら……

あかんぼうの　ことばが　わかるのは、ゆりくまさんだけじゃないんですよ。すずめだって、にわとりだって、ねこだって、ちょうちょうだって、わかるんですから。

みんなが　だいすきな　あかんぼうのために、ひとつずつ　ほしをとっちゃったら、よるの　空《そら》は　まっくらで、とても　さびしくなっちゃうじゃありませんか」

からすは、しずかに　いいました。

「そうかもしれないな」

ゆりくまさんは　おもいました。空《そら》に、おほしさまが、ひとつも　なくなったら、とっても　かなしいだろうな、とおもいました。

「そうだ。ぼく、マリちゃんに　はなしてあげよう。おほしさまは、だれにも　とれないものなんだって、おしえてあげよう」

ゆりくまさんが　そう　いうと、からすは、カオ、カオ、とないてから　とびあがりました。

「そうですよ、ゆりくまさん。マリちゃんには、ほんとうのことだけを、おしえてあげなきゃいけませんよ。じゃ、さよなら、もうすぐ、わたしの　目《め》は　みえなくなりますからね」

「さよなら、からすさん、あしたになったら、たこと　マフラーを、男《おとこ》の子《こ》に　かえしにいきます」

ゆりくまさんは、ていねいに　おじぎをして、からすを　みおくってから、やっこだこを　しょったまま、マリちゃんの　へやへ　いきました。

おこった　ゆりくまさん

「足《あし》の　ゆび、なめられるのよ」

五月《ごがつ》の　あさ、マリちゃんが　いいました。

「へえ、ほんとう？」

「ほんとうよ。さっき、はじめて　できたの」

マリちゃんは、にこにこ　わらいながら、足《あし》を　あげてから、右手《みぎて》で、左足《ひだりあし》を　つかまえました。ちいさい　おやゆびを、下《した》の　はが、二本《にほん》しか　ない　口《くち》で、ちょっと　なめてみせました。

「ね？　ほんとでしょ。なめられるでしょ？」

マリちゃんは　とくいです。

「ゆりくまさん、できる？」

「よし、やってみよう」

ゆりくまさんも、マリちゃんの　となりに、すとんと、あおむけになると、右足《みぎあし》を　つかまえます。

「ぼくだって　できるさ、ほら」

マリちゃんは、庭《にわ》で、日光浴《にっこうよく》をしているところでした。だから、まるはだかで、ぼうしだけ　かぶっています。

「マリちゃん、足《あし》の　ゆび、おいしい？」

「おいしくない。ビスケットのほうが、おいしい」

「ぼくも、そう　おもうよ。でも、足《あし》の　ゆびを　なめるのって、おもしろいね」

ゆりくまさんが　いいました。

マリちゃんは、いつのまにか、足《あし》の　ゆびを　はなして、じめんにうつっている　モミの木《き》の　かげを、つかまえようとしています。風《かぜ》がふくたびに、モミの木《き》が　ゆれて、かげも、ひらひらと　うごくのでした。

お日《ひ》さまの　ひかりを　あびて、マリちゃんの　足《あし》や　手《て》は、あった

かそうな　ピンクいろに　そまっています。

かげが、なかなか　つかまえられないと、マリちゃんは　また、足《あし》のゆびを　なめました。ゆりくまさんも、まねをしました。

庭《にわ》は　しずかで、だれも　いません。ゆりくまさんも、気《き》がつきませんでした。くらい、えんのしたで、赤《あか》い　目《め》が　ふたつ、じっと、マリちゃんを　みていることに……。

それは、二年《にねん》まえから、近《ちか》くの　どぶに　すみついた　ねずみだったのです。

ねずみは、黒《くろ》くて、ながい　ひげを　はやしていました。しっぽもながくて、ぴんとしていました。

「ああ、かわいいな、だいすきだな」

赤《あか》い　目《め》を　ひからせて、ねずみは、ひとりごとを　いいます。

もう、十日《とうか》も　まえから、ねずみは、マリちゃんが、すきでたまらなくなっていたのです。

「あの、ピンクいろの、まるまっちい　足《あし》を　なめたら、どんなに　あまいだろうな。ピンクいろの　ちいさい　はなのあたまを、かりっと、かじったら、どんなに　おいしいだろうな」

ねずみは、はじめて　マリちゃんを　みたとき、そう　おもったのです。ほんのちょっぴりでも、マリちゃんの　においがすると、そばへこないではいられなくなってしまったのです。

「ふう、ふう、いいにおいだ。マリちゃんの　においって、だいすきさ」

足《あし》の　ゆびを　なめている　マリちゃんは、あまい　ミルクの　においがしました。ねずみは　おもわず　よだれを　ながして、ひげを　ふるわせます。

「もう　たまらない。きょうこそ、ピンクいろの　はなのあたまを、かじってみよう」

ねずみは、そう　けっしんすると、いそいで　しごとばへ　もどりました。

ねずみの　しごとばは、かべの　なかです。マリちゃんの　へやの、かべを、すこしずつ、かじって、あなを　あけているのです。

ガリガリ、カリカリ……

ねずみは、かべを　かじりました。

「もうすこしだ。もうすぐ、だいすきな　マリちゃんのところへ　いかれるぞ」

ねずみは、いっしょうけんめいでした。

そうして、なんじかん　たったでしょう。マリちゃんは、ベッドにはいって、ひるねをしていました。ゆりくまさんは、本《ほん》を　よんでいました。

時計《とけい》が、三時《さんじ》を　うったときです。ベッドの　そばの　かべが、ガリッと　なったかと　おもうと、ねずみが、かおを　だしました。

「あ、やっと　でられた」

ねずみは、からだを　ぶるっと　ふるって、かべの　こなを　ふるいおとしました。

「おや、ねずみじゃないか、こんにちわ」

ゆりくまさんは、きがついて　いいました。

しんせつにしてくれた　デパートの　ねずみを　おもいだしたからです。ねずみというものは、いいともだちに　なってくれるのだと　おもっていたからです。

けれども、そのねずみは、「こんにちわ」も　いいません。

いきなり、マリちゃんの　ベッドに　とびこむと、はなのあたまに、かじりつこうとしたのです。

「なにを　するんだ！」

ゆりくまさんは　おどろいて、ものすごい　声《こえ》で　いいました。その声《こえ》に　おどろいて、マリちゃんが　目《め》をさますと、「きゃあっ」となきだします。

「しっ、あっちへ　いけっ！」

ゆりくまさんは、ありったけの　声《こえ》で　さけびます。マリちゃんが手《て》と　足《あし》を　ばたばたさせながら　なきさけびます。

ねずみは、あわてて、かべの　あなに　もどりました。

けれど、すぐそばまで　いって、みてきた　マリちゃんの　はなのあたまは、おもいだしただけで、よだれが　でてきます。ミルクの　においは、たまらないほど　ぷんぷんしています。

ねずみは、もういちど、こっそりと　でてきました。ゆりくまさんに、みつからないように、マリちゃんの　ベッドに　ちかづこうとしました。

でも、ゆりくまさんは　みていたのです。

「とまれ、ねずみ！」

ゆりくまさんは、しずかな、きっぱりした　声《こえ》で　いいました。それは、りっぱな　おとなの　声《こえ》みたいだったので、ねずみは　おもわず、たちどまりました。

「なにしに　きた？」

ゆりくまさんは、ねずみの　まえに、ぴんと　たちました。

「こ、この子《こ》が、だいすきなんだよ、ほんのひとくち、かじらせてよ」

「かじるだって？」

ゆりくまさんは、足《あし》を　ふみならしました。

「マリちゃんを、かじるだって？　そんなことを　してみろ、つかまえ

て、ねずみとりに　おしこんで、しっかり　かぎを　かけてから、水《みず》の
なかに　つっこんでやるから」
「だって……ああ、もう　たまらない」
ねずみは、よだれを　たらっと　ながすと、マリちゃんの　足《あし》に　さ
わろうとします。
ゆりくまさんは、うまれてはじめて　といってもいいくらい　おこり
ました。目《め》を　ぴかぴかさせると、もっていた　本《ほん》を、ぱっと　ねずみ
に　ぶつけたのです。
「あ、いたっ」
本《ほん》は、ねずみの　しっぽに　あたりました。ゆりくまさんの　力《ちから》が、
あんまり　つよかったので、しっぽが　はんぶん　きれてしまいました。
「いっちまえ！　こんど　きたら、しっぽだけじゃすまないぞ。マリち
ゃんを、かじろうなんて、二《に》どと　かんがえるなよ」
ゆりくまさんは、あんまり　おこったせいで、ぶるぶる　ふるえなが
ら　いいました。

「ぼくは、こんなに　ちいさくたって、くまなんだからな。くまは、ねずみなんかより、百《ひゃく》ばいも　つよいんだからな」

ねずみは、キイキイ　なきながら、ちぎれた　しっぽを　ひろいました。

「だいじょうぶだよ、マリちゃん。ねずみは　やっつけてやった。ぼく、ほんとうは、ねずみが　すきなんだけど……。だって、ぼくが、マリちゃんのところへ　くるとき、たすけてくれたんだもの」

ゆりくまさんは、「こわい、こわい」と　ふるえている　マリちゃんの　せなかを、やさしく　なでながら、ずっとまえ、デパートで、はちみつを　はんぶん　あげた　ねずみの　おはなしをしました。

マリちゃんは、すこしずつ　おちついて、また、うとうと　ねむりました。

ゆりくまさんは、板《いた》の　きれはしと、くぎと、かなづちを　もってくると、かべの　あなを、ふさいでしまいました。

ねずみの　ふくしゅう

そのよるのことです。えんのしたの　くらやみに、ねずみたちが、あとから、あとから、あつまってきました。

しっぽを　きられた　ねずみの　しんるいたちです。

赤《あか》い　目《め》を、ぴかぴかさせて、ねずみたちは、まるい　わになっていました。わの　まんなかで、ふるい　ざぶとんに　くるまって　ねているのは、しっぽに　ほうたいをした、ねずみです。

「おくびょうものめが」

しんるいじゅうで、いちばん　大《おお》きな　ねずみが　いいました。

「いいか。わしは、おまえを　やっつけた　くまを、みてきたぞ。あいつはな、ただのきれで　できた、ちっぽけな　くまなんだ」

「でも　あるいていたよ」

「あかんぼうと、なにか　はなしていたよ」

「いっしょに、ごはんも　たべていた。それでも、ただのきれかい？」

ねずみの　しんるいたちが　口《くち》ぐちに　いいました。

「そうさ。ただのきれで　できている。わしの　目《め》に、くるいはない」

大《おお》きな　ねずみが　いいました。

「やっつけろ！　ふくしゅうだ！」

おそろしい　声《こえ》で　いったのは、しっぽを　とられた　ねずみの　きょうだいたちでした。

「そうだ、やっつけろ！　きれで　できた　くまなんだ。なにが　こわいものか」

「そうだ、そうだ」

「きれの　くまを、やっつけろ！　ぼろぼろになるまでだ」

「そうだ！　それから、あかんぼうを　さらってこよう」

キイキイ、チイチイ、チュウチュウ。

ねずみたちは、大《おお》さわぎをしながら、マリちゃんの　へやの　かべに

むかって　いきました。

へやの　なかでは、マリちゃんも　ゆりくまさんも、ねむっていました。

ガリガリ、ガリガリ、ガリガリ……

かべを　かじる　おとで、ゆりくまさんは　とびおきました。

「たいへんだ。ものすごく　たくさんの　ねずみだぞ」

かぞえきれないほどの、ねずみたちの　なき声《ごえ》が　きこえます。

「おとうさんと　おかあさんを、よんでこなきゃ……」

ゆりくまさんは、はしりだそうとしました。

けれども、そのときは、もう、一《いっ》ぴきの　ねずみが、きばを　むきだして、かじった　かべの　あなから　でてくるところだったのです。

「マリちゃん、マリちゃん、なきなさい！　できるだけ　大《おお》きい　声《こえ》で、おとうさんと　おかあさんを　よびなさい！」

ゆりくまさんは、マリちゃんを　ゆさぶって　目《め》をさまさせてから、あたりを　みまわしました。

「おもたくて、つよいもの。あ、これが　いいや」

ゆりくまさんが　つかんだのは、こなミルクが　いっぱい　はいっている、かんでした。もっと　もっと、つよいものが　ほしかったのですけれど、マリちゃんの　へやには、あぶないものが、ひとつも　おいてなかったのです。

「おとうさん、はやく　きて！　おかあさん、いそいで！　マリちゃんが　ねずみに　さらわれる！」

ゆりくまさんは、さけびながら、一《いっ》ぴきめの　ねずみを　なぐりつけました。二《に》ひきめも、三《さん》びきめも……。

ガリガリ、ガリガリ……

「やっつけろ！　なまいきな　きれの　くま！」

ねずみたちは、とうとう、かべに　大《おお》きな　あなを　あけてしまいました。

キイキイ、チイチイ、チュウチュウ……

たくさんの　ねずみたちが、ゆりくまさん　めがけて　とびかかります。ゆりくまさんは、ミルクの　かんを　なげつけました。ミルクびんも、マリちゃんの　シーツも、毛布《もうふ》も、ありったけ　なげました。けれど、ねずみたちは　よってたかって、ゆりくまさんに　かじりついたのです。

右足《みぎあし》が、ぶらぶらになりました。左《ひだり》の　足《あし》が、とれてしまいました。

「おかあさん、マリちゃんを　はやく！」

さわぎを　きいた　おとうさんと　おかあさんが、とびこんできました。

ゆりくまさんは　マリちゃんが、おかあさんに、しっかりと　だかれるのを　みました。おとうさんが、ほうきを　ふりまわして、ねずみをおいはらうのを　みました。

それっきり、なんにも　みえなくなって、なんにも　きこえなくなりました。

目《め》が　さめてみると

「ゆりくまさん、だいじょぶ？」

おかあさんの　声《こえ》で、ゆりくまさんは、目《め》を　ひらきました。

「あ、マリちゃん！　だいじょぶだったんだね。よかったな！」

ゆりくまさんは、おかあさんの　となりに　いる　マリちゃんを　みつけて、たまらないくらい　うれしくなりました。

マリちゃんは、ひとりで、ちゃんと　立《た》っていました。

「ねえ　ゆりくまさん、マリちゃん、もう　あるけるようになったのよ。ひとりで、どこへでも、あるいていかれるの」

マリちゃんが　いいました。

「そうか……じゃあ、ぼくは　ずいぶん　ながいあいだ、ねむっていたの？」

「そうよ。四《よん》か月《げつ》も、ひどい　けがをしていたの」
おかあさんが　いいました。
ゆりくまさんは、おきあがりました。なんとなく、おなかに　力《ちから》が
はいりません。
「ゆりくまさんは、ねずみに　かじられて、めちゃめちゃにされちゃっ
たの」
おかあさんは、おもいだすのも　おそろしそうに、ふるえる　声《こえ》で
いいました。
五月《ごがつ》の　あのよる、ゆりくまさんは、たくさんの　ねずみに　たから
れて、ぼろぼろにされてしまったのです。
足《あし》は　とられてしまうし、あたまは　ぶらぶらで、おなかは　からっ
ぽになるまで、かじられました。
おとうさんが、ねずみを　ぜんぶ　おいはらったとき、ゆりくまさん
は、ぼろの　きれみたいに　されて、おなかの　なかみが、はみだして
いました。

「ゆりくまさんを、すっかり　もとどおりに　なおしてあげるまで、ずいぶん　かかったわ。でも、もう　だいじょうぶよ。みてごらんなさい」

おかあさんが、にっこり　わらいました。

ほそい　針《はり》と、きぬの　糸《いと》で、おかあさんは、ゆりくまさんを　ぬいあわせました。すっかり、もとのとおりに。

せなかと、右《みぎ》の　まえ足《あし》には、あたらしい　きれで、つぎを　あてなければなりませんでした。

しゅうぜんが　おわっても、ゆりくまさんは、ぐったりして、ベッドに　ねかされたきりでした。そして、いま、やっと　げんきになったのです。

「ほんとうだ。ぼく、もとどおりに　あるける。つぎだって、おかあさんが、うまく　やってくれたから、虫《むし》めがねで　みなきゃ　わかんないね」

ゆりくまさんは、げんきよく　おきあがると、あるきまわってみました。

それから、たちどまって、くびを　ひねりました。

「でも、なんだか　へんだよ。まえと　ちがうよ。おなかが、からっぽみたいだ」

「それはね、ゆりくまさん」

おかあさんが、クスッと　わらいました。

おしゃべりも　できるようになった　マリちゃんが、

「ちがう　ちがう、ちがう」

といいました。

「ゆりくまさん、ハンドバッグになっちゃったのよ」

おかあさんが、そう　いって　わらいました。

「そうか」

ゆりくまさんは　まえ足《あし》を　のばすと、そっと、せなかに　さわりました。そこには、あたらしい　ジッパーが　ついていて、おなかに、なにか　入《い》れられるようになっていたのです。

ハンドバッグになった　ゆりくまさん

それは、すてきなことでした。

あるけるようになった　マリちゃんは、ゆりくまさんの　せなかをあけて、おなかに、ハンケチや、ちり紙《がみ》や　ビスケットを　いれます。そして、いつも、だっこしていることにしたのです。

九月《くがつ》が　きて、おたんじょうびを　すませた　マリちゃんは、ゆりくまさんより　ずっと　大《おお》きくなりました。ゆりくまさんを、かるがると、だっこすることが　できるようになったのです。

ゆりくまさんは、マリちゃんの　たいせつなものを、なんでも、おなかに　しまっておきます。ねむるときも、マリちゃんは、ゆりくまさんを　はなしません。

マリちゃんは、ときどき、ゆりくまさんに　あずけて、だいじに　も

っていてもらったはずの　ビスケットが、なくなっているのに　気《き》がつきます。でも、

「ゆりくまさん、くいしんぼうね。マリちゃんの　ビスケット、たべちゃった」

なんて　いいません。ビスケットなんか、ぜんぶ　たべられてもいいと　おもうくらい、ゆりくまさんが、すきなのです。

ねずみたちは、どこかへ　いってしまいました。

そのわけは、マリちゃんの　うちへ、ねずみを　おいはらうのが　じょうずな　ねこが、つれてこられたからです。


「ゆりくまさん、いきましょう」

マリちゃんが、よんでいます。

ゆりくまさんは、よみかけの　本《ほん》を　しまって、おなかの　なかに、ビスケットが　九《きゅう》まい　はいっているのを　たしかめてから、マリちゃんに　だいてもらいに、はしっていきます。

「さ、ねこくん、さんぽにいこう。きょうは、ビスケット　三《さん》まいずつだよ」

ゆりくまさんは、ねこを　ちょっと　つついて、はしりっこを　はじめます。

――おわり――

著者紹介

立原《たちはら》えりか

1937年東京に生まれる。『海をわたるチョコレート』『花ものがたり』詩集『あなたが好き』などたくさんの著書がある。

画家紹介

牧村慶子《まきむらけいこ》

東京に生まれる。ベルギー人画家アルベルト・カルベンティール氏に師事。「童画集団」「児童出版美術家連盟」会員。

ゆりくまさん NDC913 78P

作　者＊**立原えりか**　画家＊**牧村慶子**
発　行＊1971年9月25日　初版発行　2003年2月25日　新装5刷発行
発行者＊**鈴木理明**
発行所＊株式会社　**国土社**　〒112-0015 東京都文京区目白台1-17-6　電話=東京03(3943)-3721・8051
印刷所＊株式会社　厚徳社　ISBN4-337-03012-3
製本所＊株式会社　難波製本